CHUANGYI YINGXIAO · SHOUHUI POP

创意营销·手绘pop

餐饮

CANYIN

主编

陆红阳　喻湘龙

编著

陆红阳　叶颜妮

广西美术出版社

目录

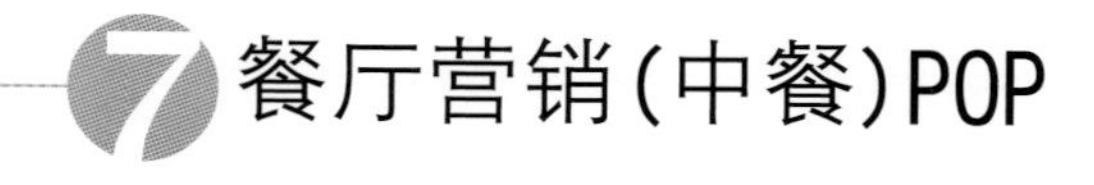

7 餐厅营销(中餐)POP

25 餐厅营销(西餐)POP

43 可口美食(小吃)POP

79 可口美食(综合)POP

序

POP广告其英文原意为“在购物场所能促进销售的广告”。在零售店面内外能帮助促销的广告物或其他能够提供有关商品信息、服务、指示、引导等的标示，都可称为POP广告。POP广告在招揽顾客和促销商品方面有着不可替代的作用，其特点是简明、快捷地表达商品信息且大多数是在短期使用，因此更新较快。

POP自身的这一特点决定了它的形式，海报、吊牌、展示物都是其常见的表现形式。在表达手法方面，手绘以其快速、鲜活的特点，成为POP设计师们最常选用的方式。随着科学技术的不断发展，电脑绘图的运用也越来越广泛。在载体方面，纸张、布料、玻璃等都是不错的选择。POP广告不仅形式灵活而且风格和制作方法也各式各样。从表现形式看，有平面、悬挂式的POP等；从内容上看，有校园、节庆、餐饮、百货、电子、公益类POP等；从制作工艺来看，又有手绘、印刷、喷绘POP等。

POP画面的处理也是为其特定的商业目的服务的，通常采用明亮、视觉冲击力强的色彩来刺激顾客的视觉神经。在文字的处理上，需要突出主题字，这包括商品名称或价格优惠等，措词应选择简短、精练并能吊起消费者胃口的语句，使消费者在短时间内迅速反应，一目了然。

POP广告在扮演推销的角色的同时也要具有一定的审美情趣，是一种商业与艺术的结合体。它作为环境中的一员，应具有观赏性。POP的插图通常用易为大众接受的卡通形象，或幽默，或夸张，形式比较灵活。创作工具有马克笔、彩色铅笔、蜡笔、水粉颜料等，丰富的表现形式不但可以延长顾客视线的停留时间，而且可以装点环境，增添商场的气氛。许多POP不但宣传了商品而且还兼有展示功能，特别是立体的POP。

本书着重从食品、餐饮的内容范围来介绍POP。饮食类的POP广告一般以真实、诱人的插图形象来吸引顾客，色彩多用干净、鲜亮的暖色调。书中作品都以手绘的海报形式呈现，风格多样，表现形式各异，希望能成为您学习POP的好帮手。

由于时间的关系，本书还有一些不足的地方，请各位读者谅解，我们将在以后的工作中不断完善。

餐厅营销

中餐

POP

王記
家常菜馆
鱼香肉丝10元
麻婆豆腐7元

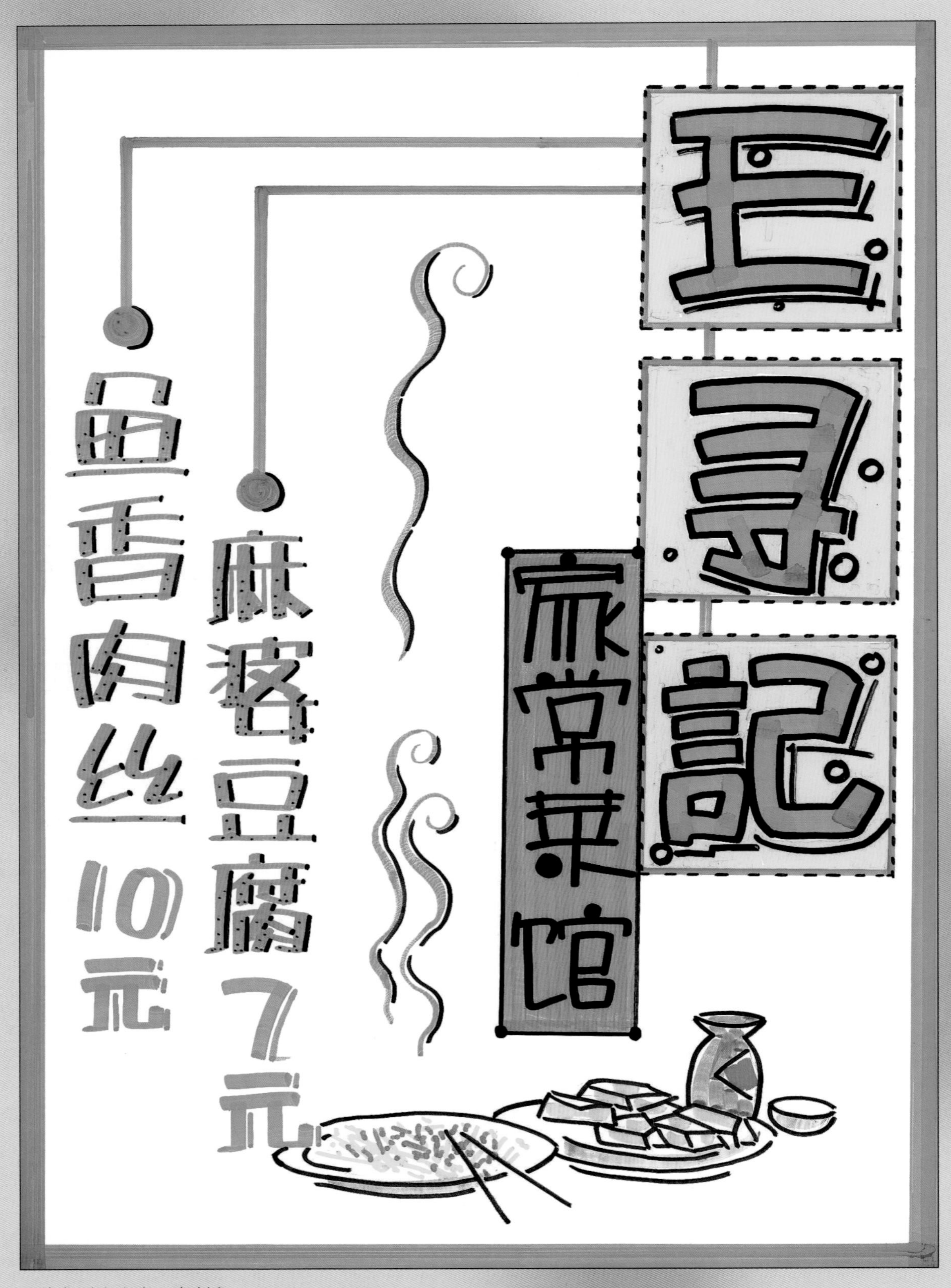

用线条引出广告，有创意。

哇，鱼儿真的喷火啦!

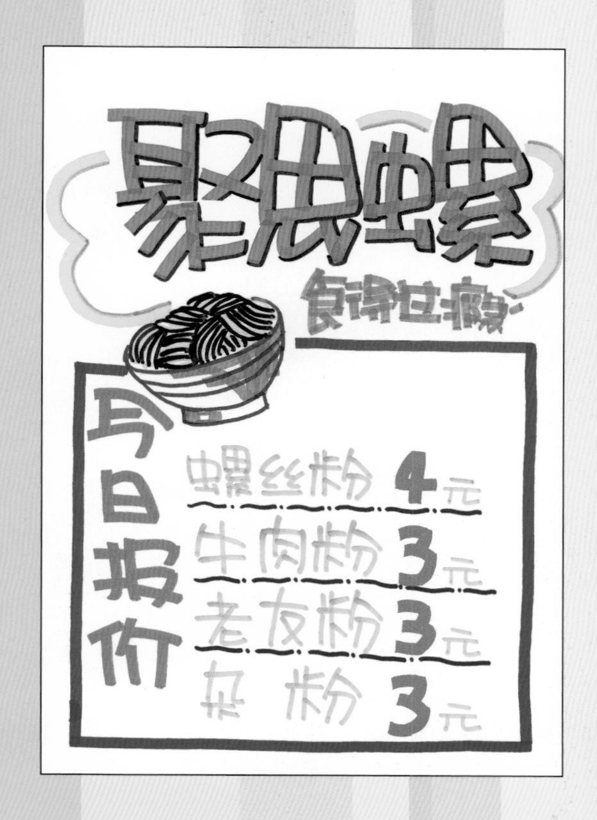

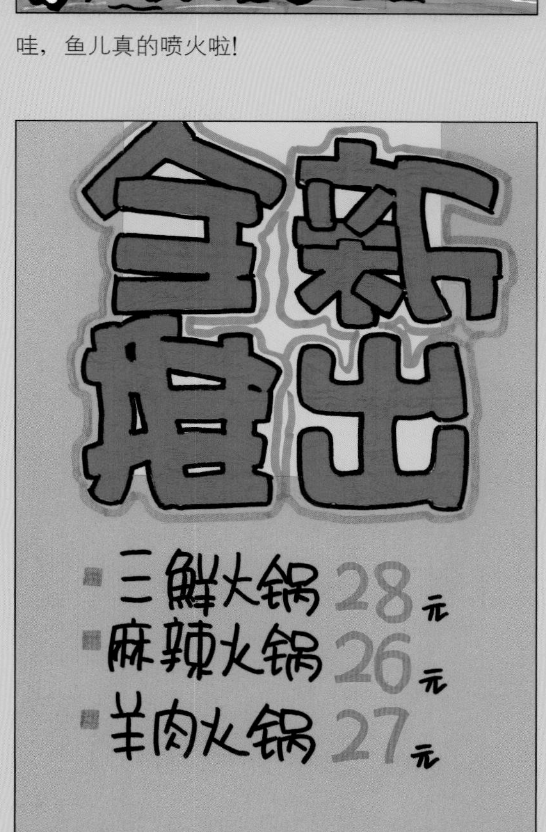

主题突出，一目了然。

狗狗正用眼神召唤顾客呢!

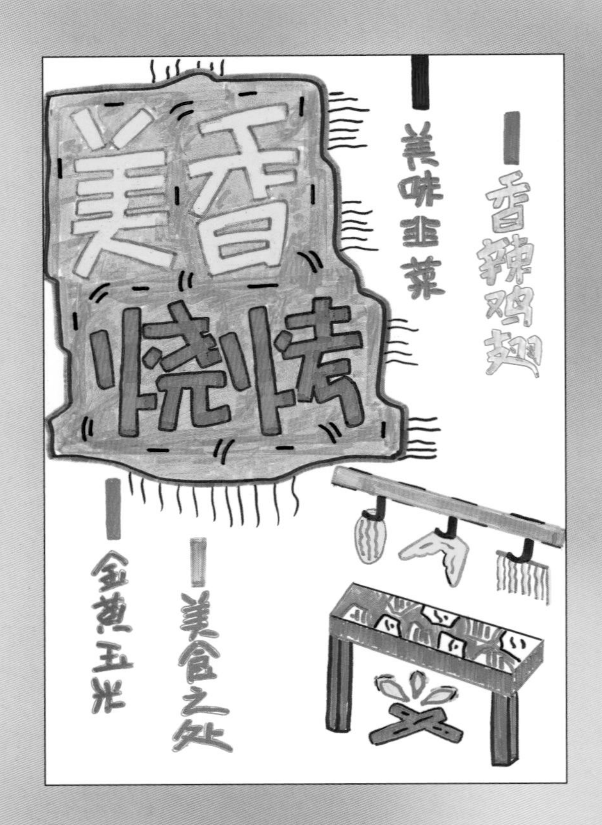

这位帅哥的眼睛真特别。

专业包子铺哦，快去看看吧!

今天的“主厨”真特别。

朴素的色调，十分切题。

这碗粉分量好足哦!

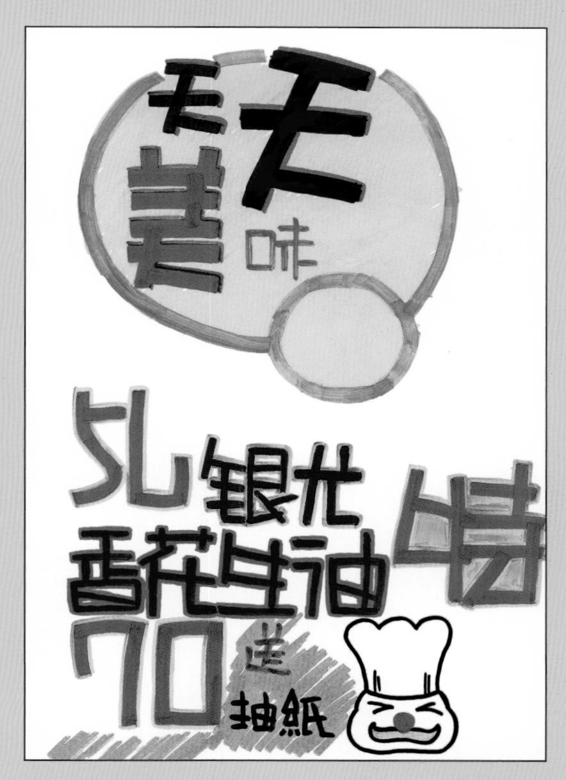

文字错落有致，疏密得当。

像面条一样的字体很有趣哦!

亲切的店名，亲切的色彩。

熟练的字体与插图，很值得学习。

拟人的插图，惹人喜爱。

鱼儿的肚皮好大哦!

虽是红配绿，色调却非常协调。

看这位诗人的陶醉样，便知茶廊一定不错哦!

文字整体感很强。

图文真够满哦!

“汤”写得很精道。

不经意的描绘流露出轻松怡人的感觉。

鱼儿贯穿了整个画面，既活泼又形象。

用熊猫来做华人大酒店的代言人，真绝!

画面的版式，别具匠心。

美食样样有，生活真丰富。

简洁大方，与主题相和谐。

吃得很陶醉。

红红的辣椒，红红的生活。

滑稽的人物造型，令人忍俊不禁。

字体嵌入色块，有变化。

色调丰富而协调。

火红的大字很有分量。

酸辣吧要用“酸”、“辣”的色彩来表现。

“吃”字的夸张很到位。

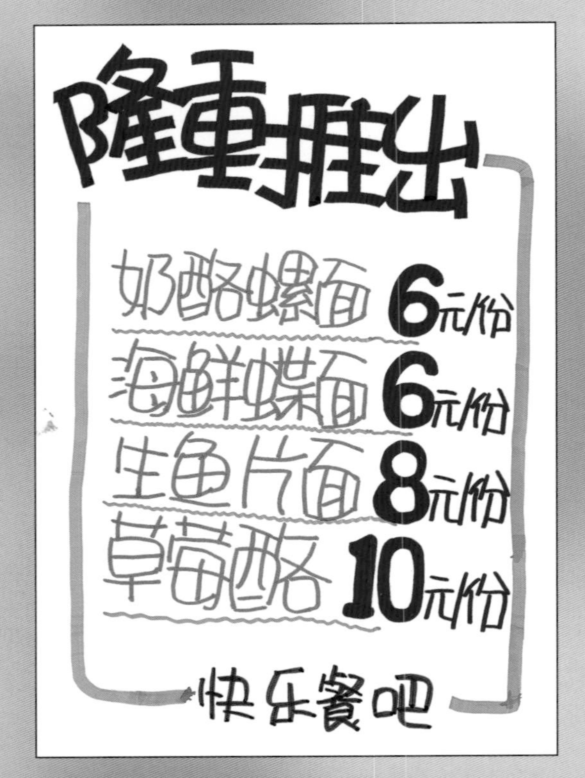

整齐的文字排列，视觉效果也很突出。

老方丈的功夫真了得。

热闹的画面很有地方特色。

“漓江的酸鱼”果然与众不同。

快看，这里的蘑菇排队呢！

图案、文字无可挑剔。

好大的鸭嘴巴哦！拟人化的卡通形象很有宣传力。

鲜鱼加鸡蛋形象很生动。

中式的美食，“中式”的风格。

精美的插图，来自“美食天堂”。

画面的留白很重要。

鱼儿的造型很有特点。

餐厅营销

西餐

POP

情侣套餐
48元
位
卡蒂亚
西餐吧
订座热线：223456

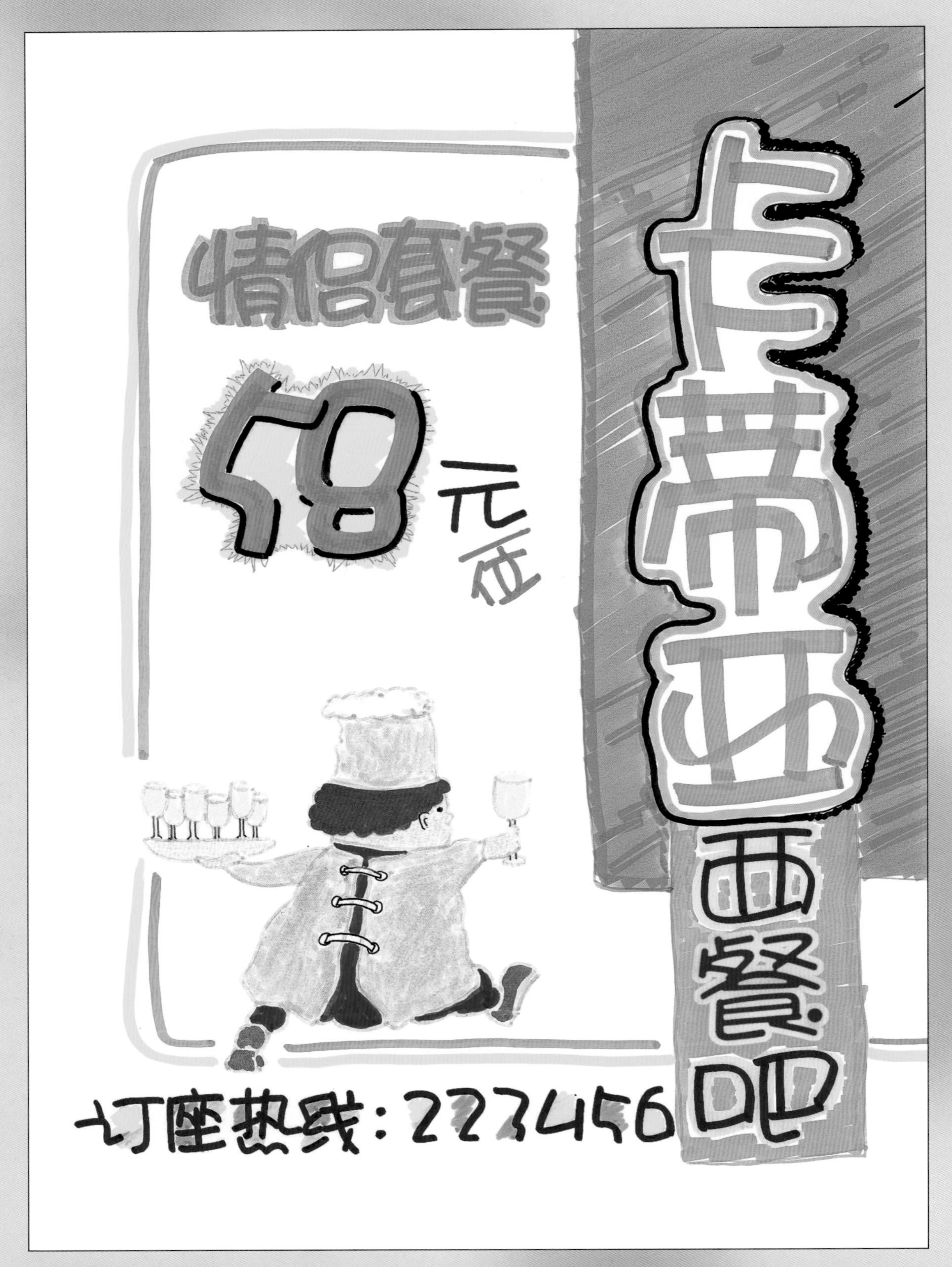

西餐厅的服务生真特别。

花儿做背景真特别。

香喷喷的面包出炉啦!

文字、图形既轻松又到位。

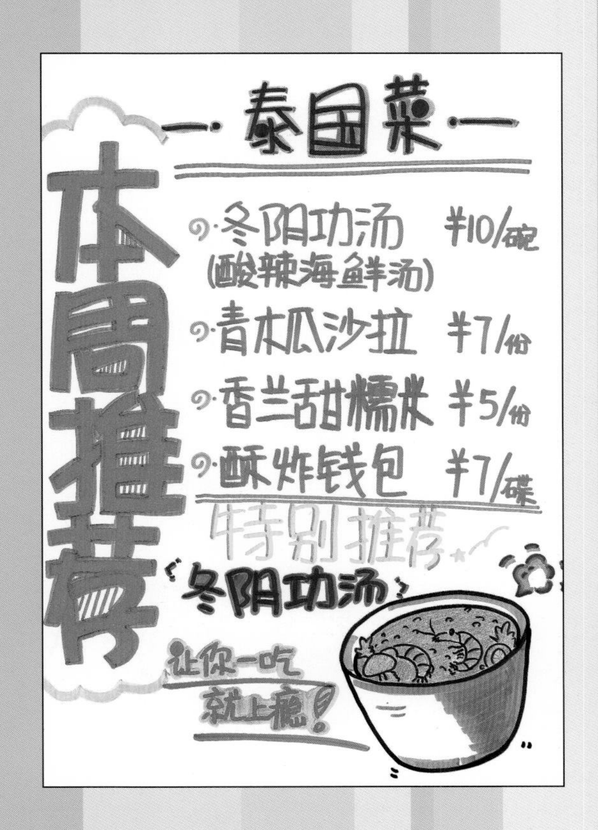

连鱼儿都按捺不住了，我们还等什么……

“元宝套餐”内容果然丰富。

韩式烧烤，异国风情。

汉堡的塑造十分细致。

画面层次丰富，色彩朴素。

夸张的插图，令人回味。

看看这位厨师的造型，够专业!

小猪来当收银员，有趣!

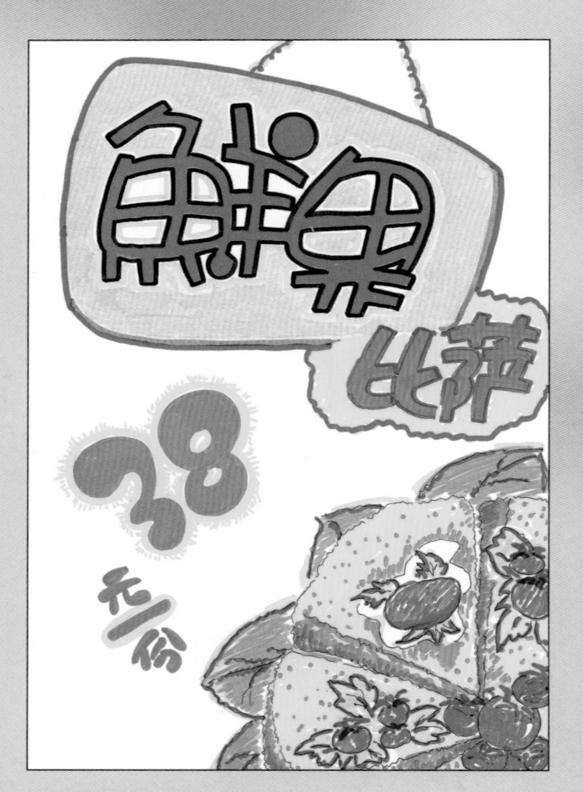

鲜果做馅的比萨，诱人至极。

圆形的字体别有一番情调。

小小的圣诞老人样子好慈祥。

大面积的绿与小块的红对比鲜明。

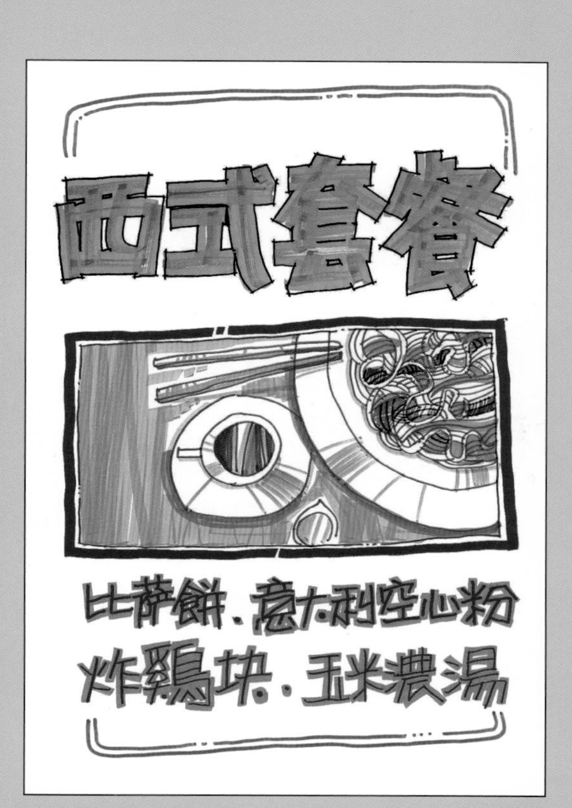

细节的刻画很重要。

动静结合，繁而不乱。

主题分明，层次丰富。

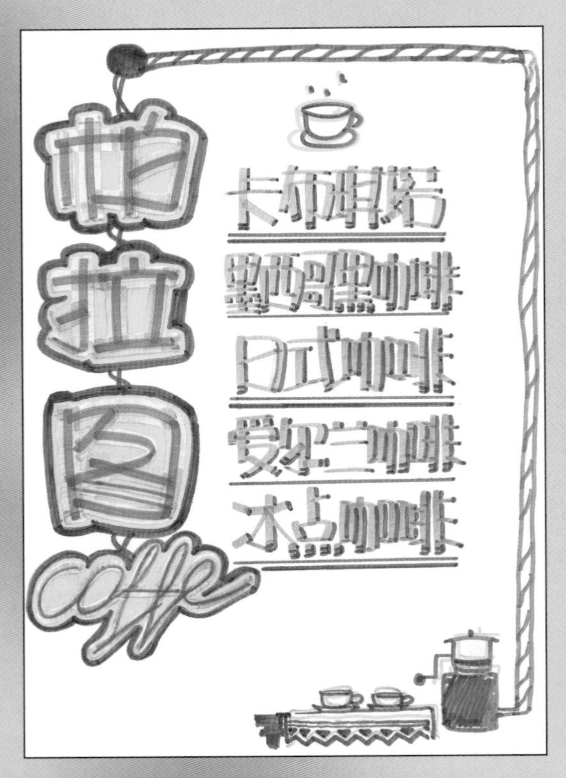

线框能引导顾客的视线。

哇！新鲜出炉的比萨味道一定不错。

拙味十足的POP广告，情趣大增。

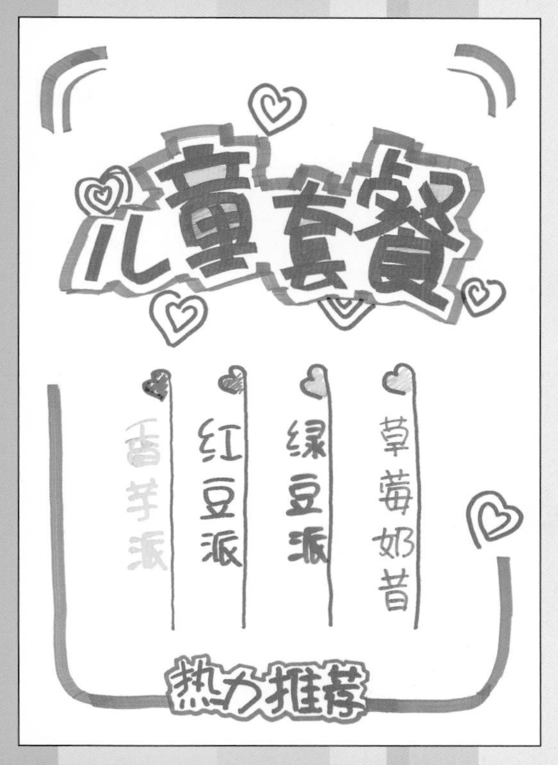

当画面显得空洞时，增加一些小图形是丰富画面的绝佳手段。

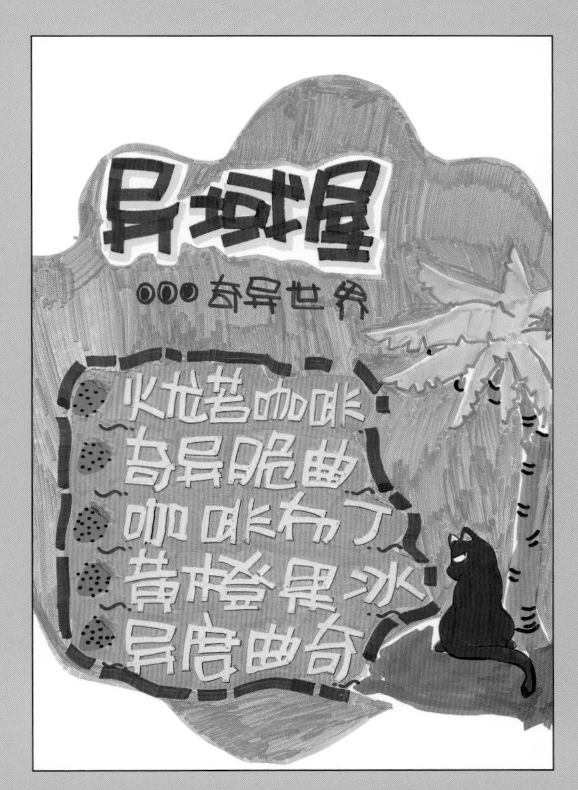

好特别的美食哦！加上那只神秘的猫，定能吸引很多顾客。

随意线框使画面更整体。

标题字的设计颇具创意。

可爱的人物形象，极具亲和力。

插图的形象很有“原始部落”的味道。

嘴巴张得那么大，味道一定很好。

画面的分割很独特。

这里的汉堡可以叠得很高哦!

超大的蜜蜂眼睛，吸引了顾客的眼球。

服务员好牛。

扭曲的线框能打破横竖的构图。

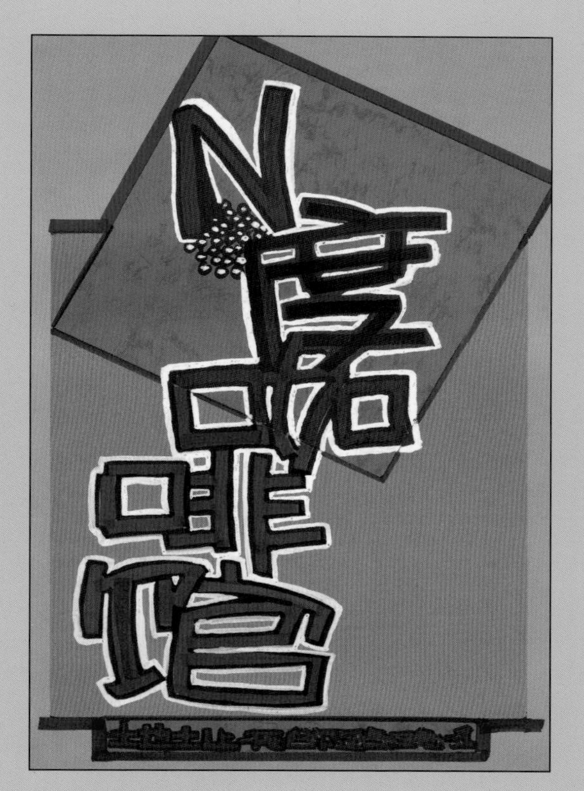

很有格调的咖啡馆哦!

文静的女生，真有几分“居家”的感觉。

主次分明，有条有理。

温馨的气氛用玫瑰来加分。

全用线的插图很出效果哦！

红色彩带烘托热闹的气氛。

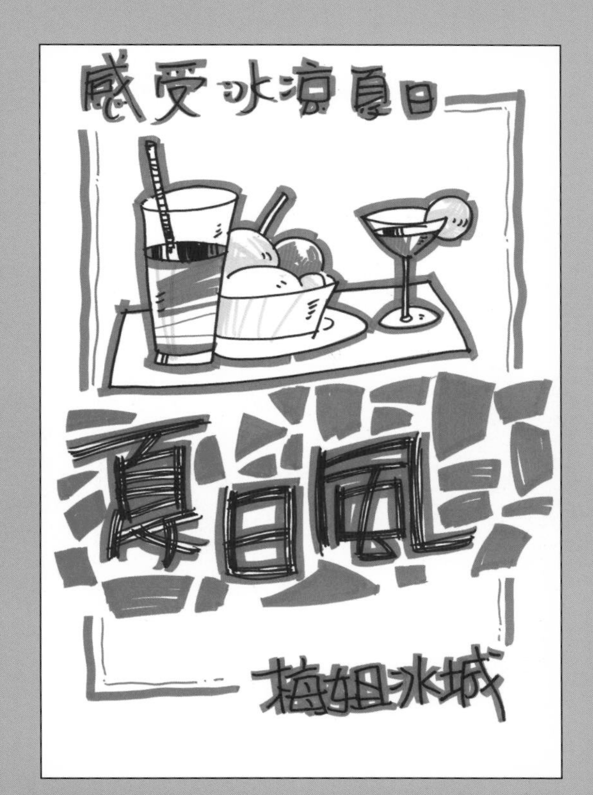

色调的冰凉感很强。

哇，蛋糕飞上天了！

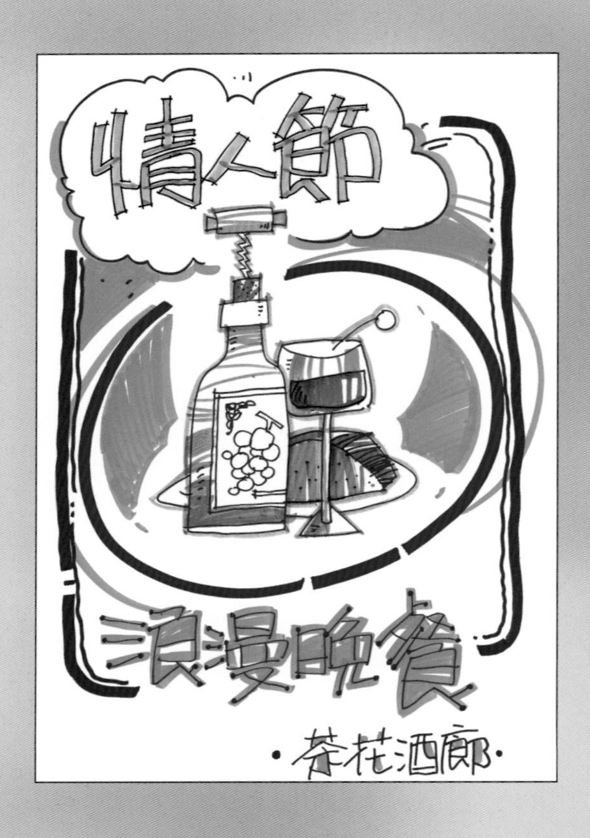

情调十足的“自助餐”。

用边框使画面统一。

情人節
温馨晚餐
就在今晚

本中心引進
最新法國
技術生產
甜密密
生活真味道

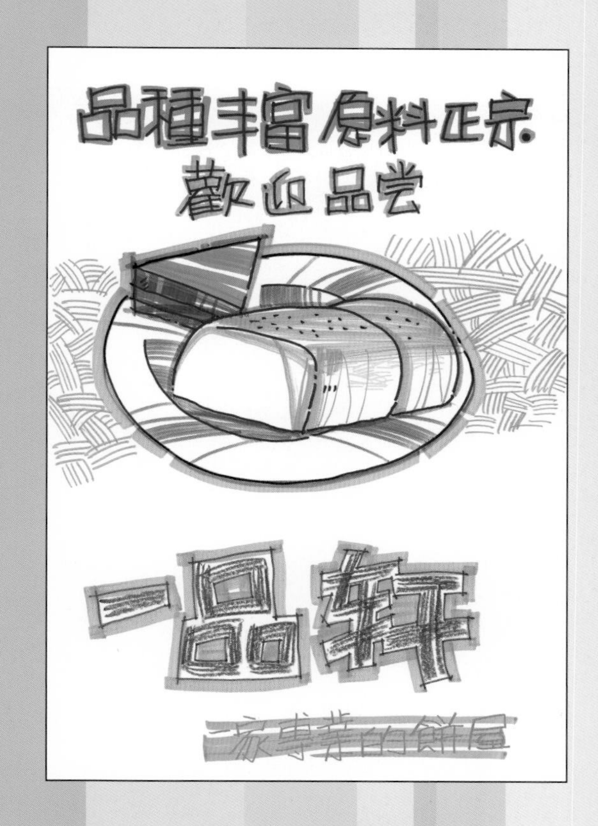
品種丰富 原料正宗
歡迎品尝
一品轩
一家專業的餅屋

粉红的色调，令人陶醉。

标题字的夸张很有效果。

同样的插图造型，左右对称的摆放效果很棒。

可口美食
小吃
POP

陳記
5
份/元
野菜餃
美味
营养

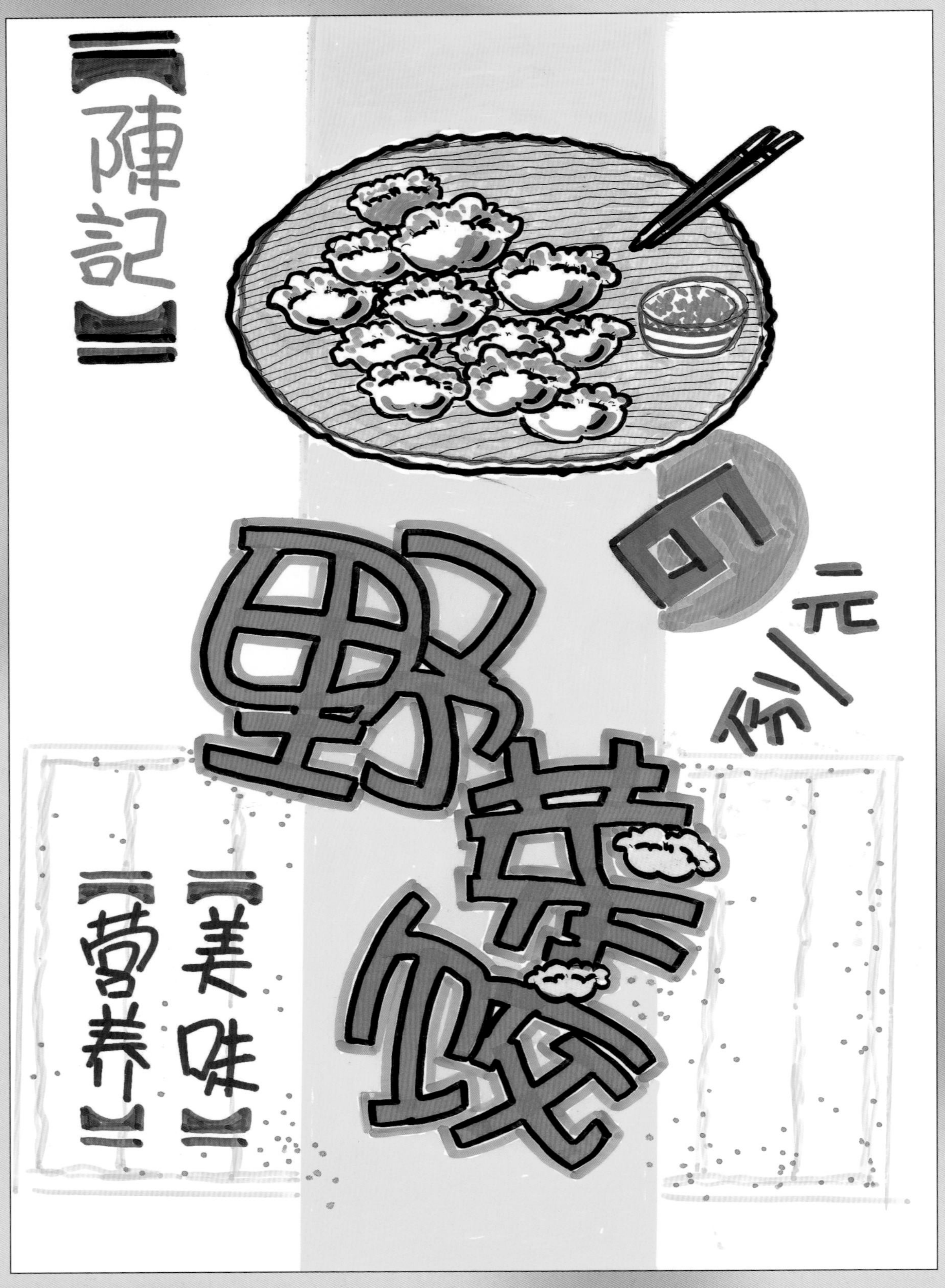

好作品，要从细节做起。

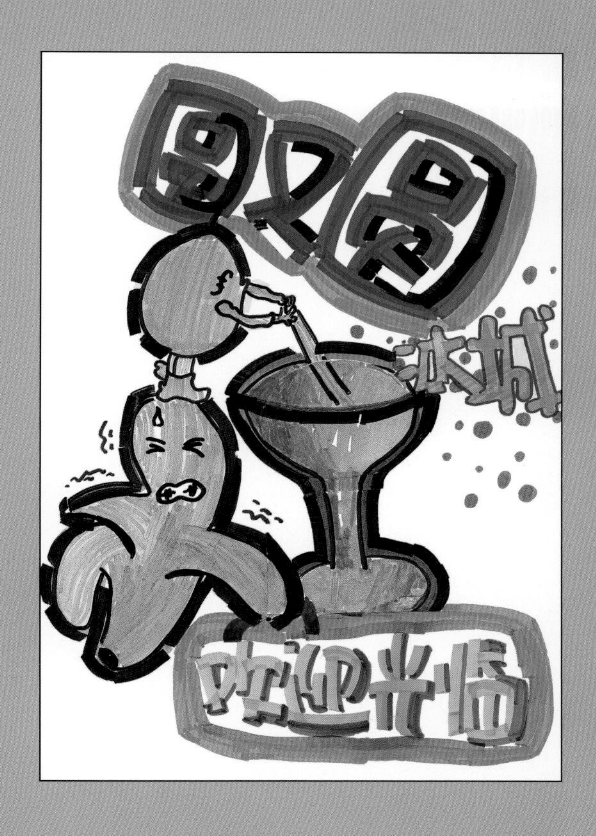

“牛”字的处理与插图互相呼应，整个画面都生动起来。

淡淡的蓝色标题字确实能让小朋友们流连忘返哦!

喜庆的元宵佳节，当然要用喜气的颜色氛围来烘托。

两个三角形色块分割画面是作品的一大亮点。

滑稽的人物形象定能招来更多顾客。

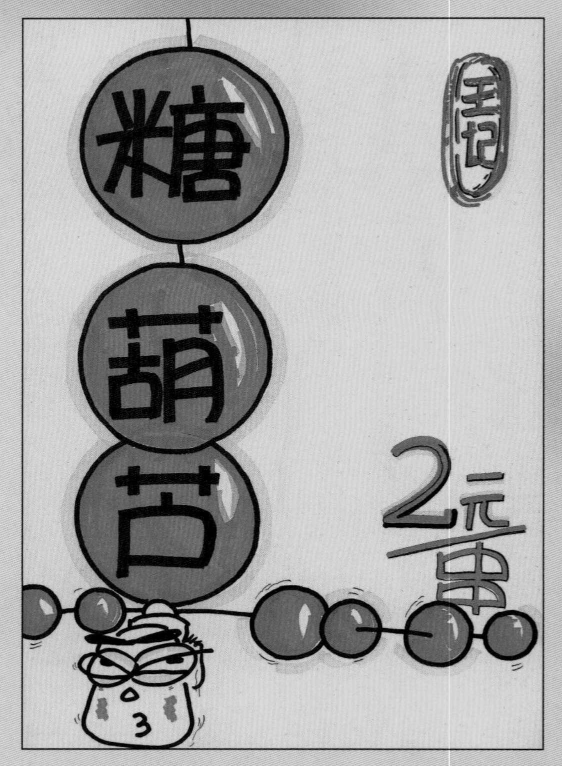

红红的糖葫芦放在暖黄的背景上，真是甜！

灰色调的背景很好地衬托了白色主题字，能在最短的时间内吸引顾客眼球。

棕色“粽味”使人仿佛真的闻到香味了。

口味多多的糖果，当然要用缤纷的色彩来表现。

黑色块为画面营造出“牛奶”的感觉。

跃动的线框把零散的画面串联起来。

熟练的字体与插图，很值得学习。

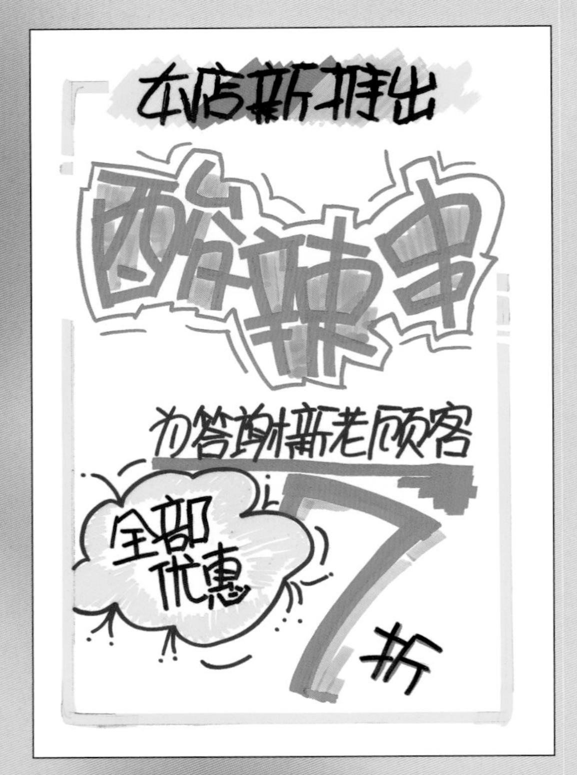

广告诉求准确，一目了然。

旋转的图形装点了画面。

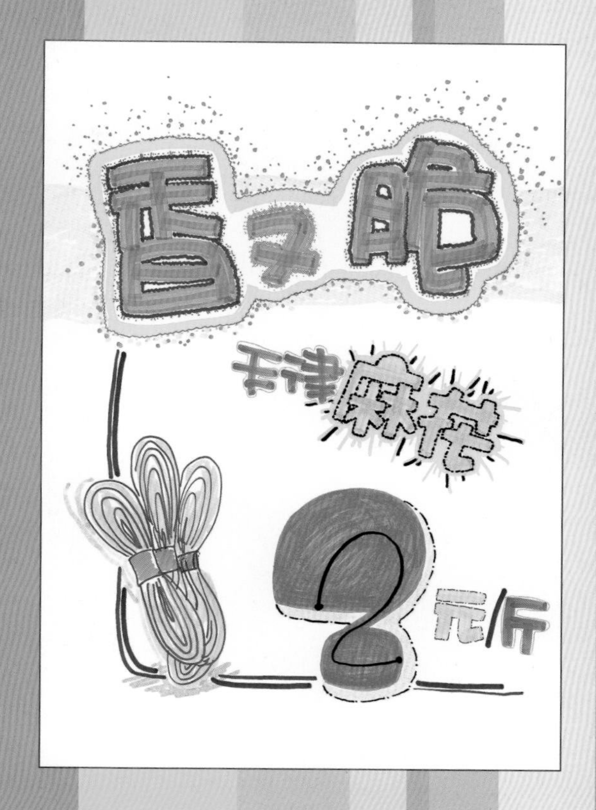

整体布局和文案都不错。

看看蜜蜂那馋嘴的样子，香甜的蜂蜜仿佛已经涌到我们眼前。

一抹黄色打破寂静。

清新的画面，新鲜的草莓。

快乐的水吧，洋溢着欢乐的气氛。

清爽的画面，冰凉透顶。

不同纯度的红绿搭配，表现不同的味道。

肥嘟嘟的小墨鱼可爱极了！

加了“麦”的牛奶果然与众不同。

艳丽的色彩，恰好表现新鲜的感觉。

香香脆脆的烤肉在作者老练的表现手法下，体现得十分精彩。

章鱼在杂耍，还是在做丸子？

五彩的波板糖，绚丽又时尚。

标题字与插图相得益彰。

富有传统风味的南瓜饼，好吃看得见。

简单的诉求，用丰富的画面表现得真精彩!

热闹的画面，预示着红火的生意。

立体字的效果用在这类广告上很有说服力。

热气腾腾，好一番生活情趣。

标题字的写法很到位。

幽默的插图，为广告增添了情趣。

小女孩的表情，冻味十足。

突出主题是POP广告最常用的表达方式。

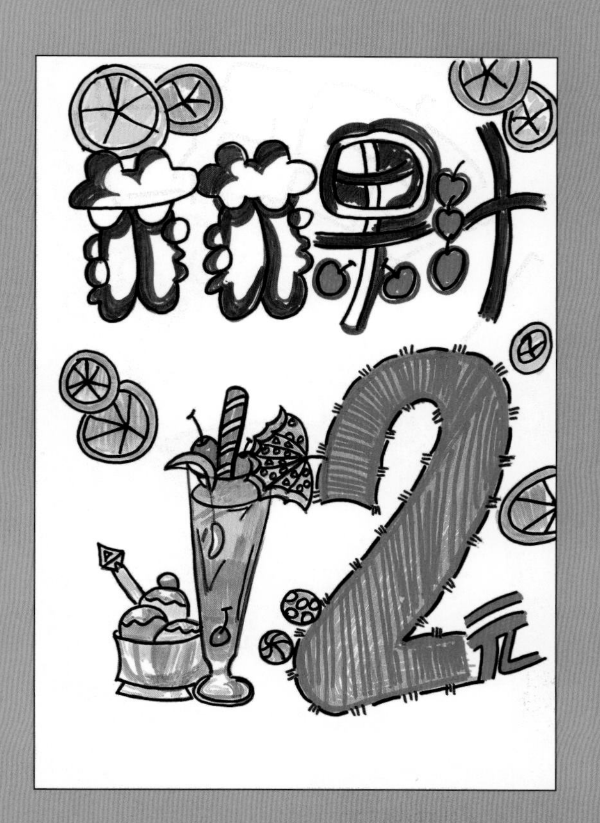

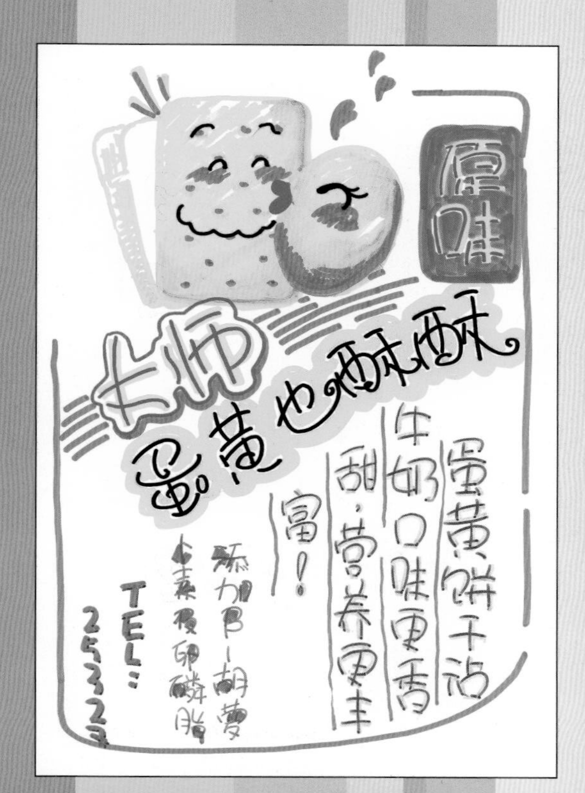

极富想象力的插图让人过目不忘。

抽象的符号也是丰富画面的好手法。

协调的色调，营造和谐的气氛。

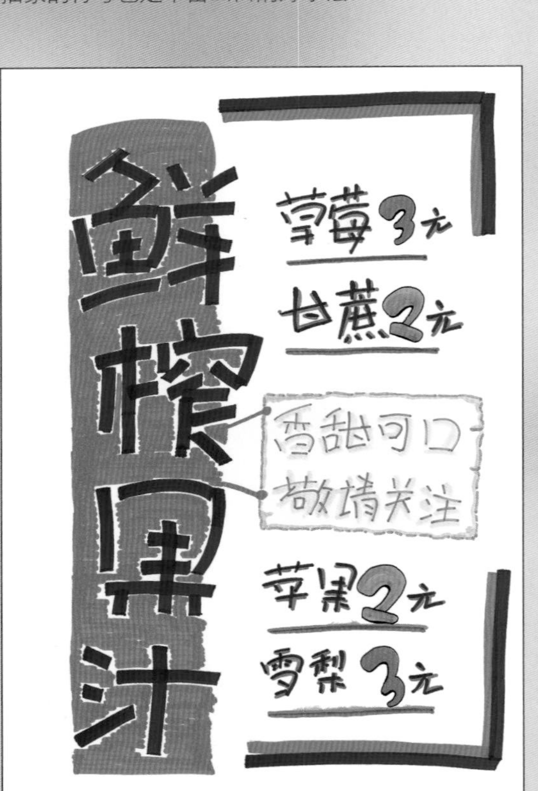

拟人化的处理很适当。

有条不紊，清晰可见。

标题字的设计别具一格。

作者用线条联系了画面，也抓住了消费者的目光。

醒目的字体，很好地传达了信息。

时尚的色彩打造独具创意的美食。

线条的紧密排列令画面效果很特别。

两根横线改变了画面效果。

拟人化的插图人见人爱。

颇具创意的字体表现手法令画面更出色。

漫天飞舞的泡泡装点了画面。

“新品”二字打破了画面的沉静。

大色块的处理和小字形成对比。

暖色调的画面，即使没有插图，同样能塑造出浓浓的巧克力情结。

章鱼小丸子
新鲜放送
3元/份
5元/2份

端午粽飘香
五香肉粽
鲜虾粽
甜粽
芋头粽
于6月12日前订购
一律8折

感受新疆真風味
阿里巴巴
串烧

奶油
爆米花
现做
3元/份
现卖

标题字的设计很精彩。

只用黑线勾出外形也是种表现手法。

酷酷的字体，酷酷的颜色。

长方形线框与圆弧线框有效分割了画面。

新鲜口味
蛋糕
8折上市

新春口味
木炭烤肉
多谢惠顾

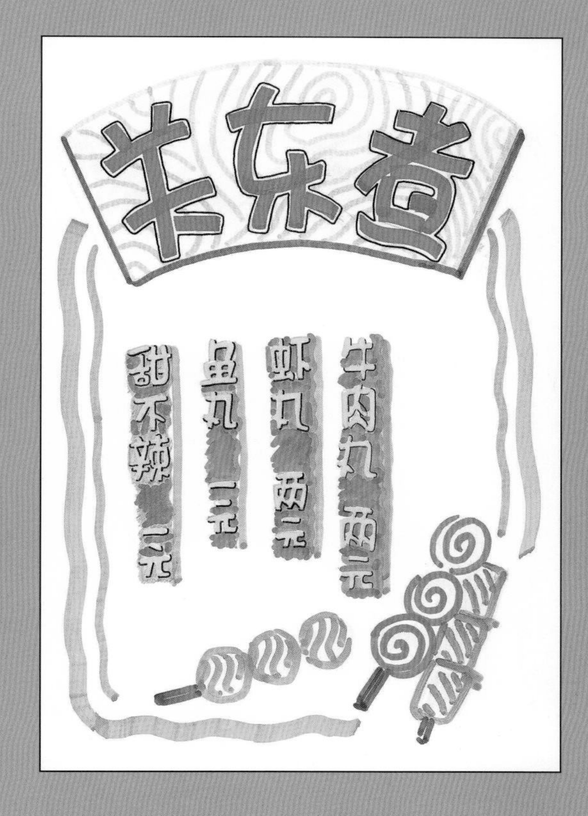
关东煮
牛肉丸两元
虾丸两元
鱼丸一元
甜不辣一元

甜筒
2元

河南大饼
口味齐全
九元一例

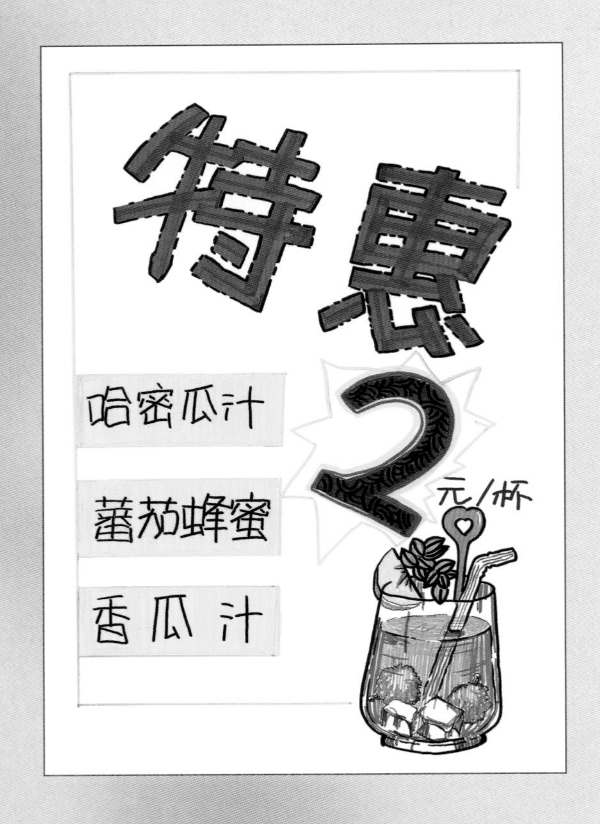
特惠
哈密瓜汁
蕃茄蜂蜜
香瓜汁
2
元/杯

冰爽夏日
H·A·P·P·Y
D·A·Y
願与您
一同分享
地点/铭乐坊
敬請光临！

新鲜的
柿子
开始
品尝秋天
3
元/斤

竖立的波浪线最精彩。

画面的留白很特别。

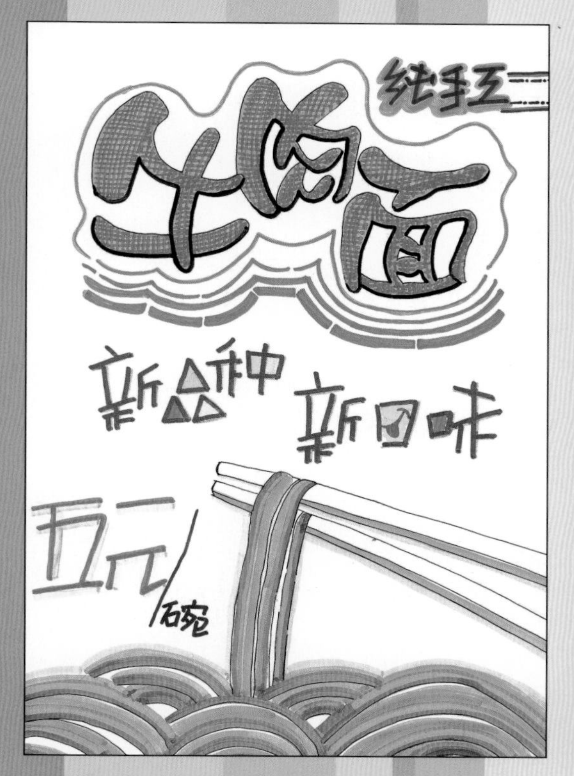

筷子都伸到海报里去了，肯定很美味。

这筐水果很新鲜哦!

色块增加了画面的分量。

线框的运用,起到画龙点睛的作用。

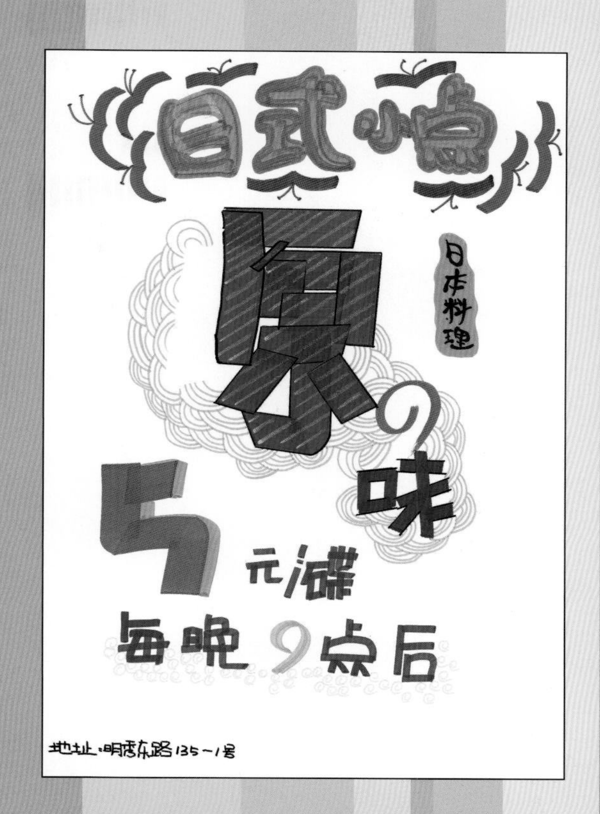

一语双关，品之有味。

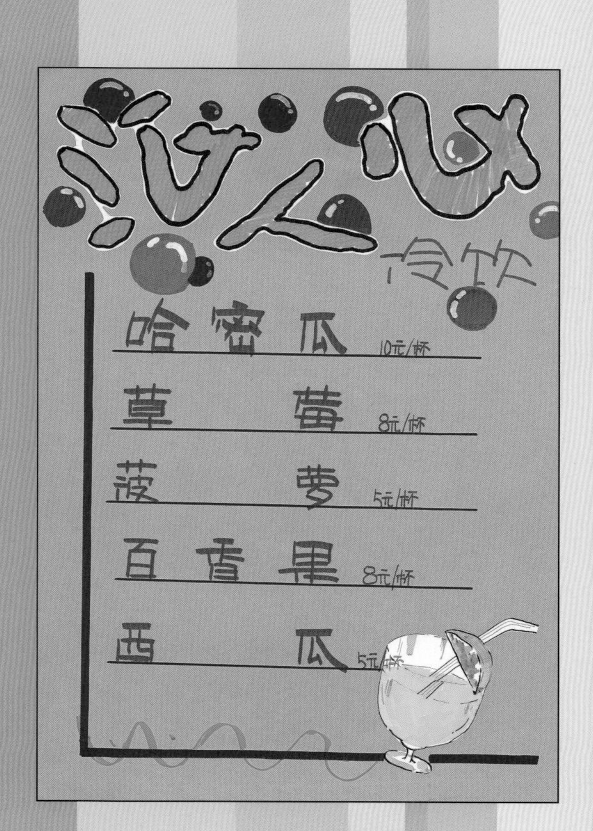

有“冰”才够“凉”。

朴拙的大碗和诱人的食物令人胃口大增。

细腻的表现风格真的很棒。

字体精美，独具特色。

传统纹样，切合主题。

竖线支撑了画面。

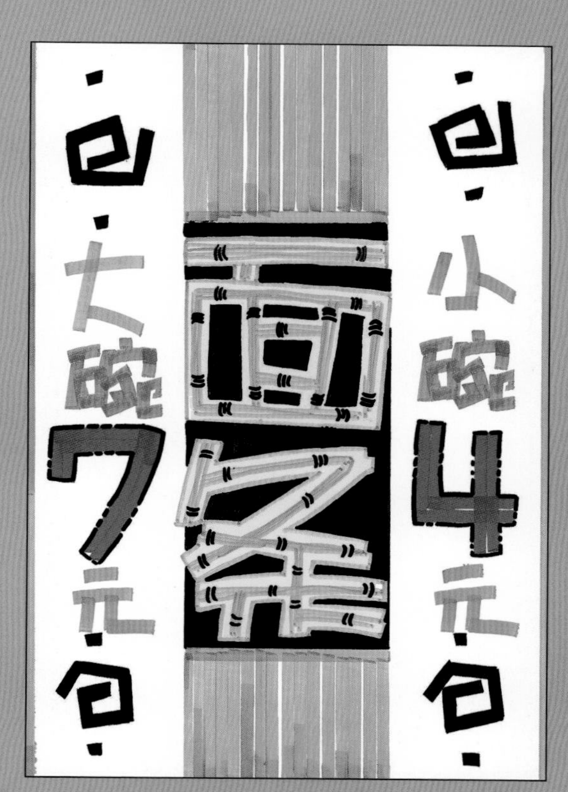

黑色在这幅画面中的作用至关重要。

肌理的处理，是这幅作品的一大特点。

风格颇有拙味。

好有情调的冰凉小屋哦!

甜甜的西瓜，用甜美的笑容来代言。

图文并茂，清新自然。

线条的运用使这幅作品别有一番风味。

鲜亮的色彩，是表现食品的好方法。

画面对“牛奶”的表现很精彩。

卡通形象，人见人爱。

优美的画面，令人心醉的文字。

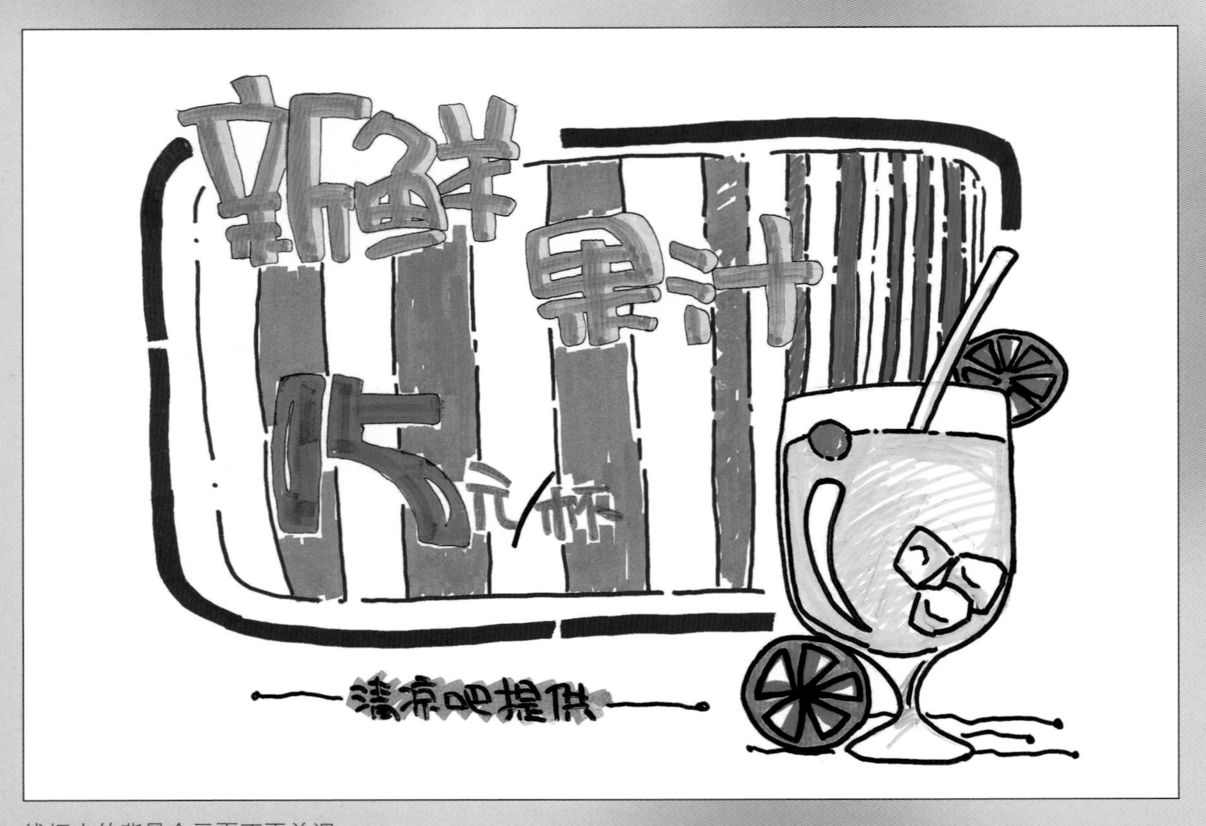

线框内的背景令画面不再单调。

木头质感的箭头很有创意。

豆腐、葱花，生动有趣。

把文字写在插图里，不失为一种好的创意方法。

清凉一夏
冰雪美人圣代 ￥6.
绿野仙踪圣代 ￥8.
玫瑰佳人圣代 ￥6.
新品上市 欢迎品尝

王婆 鸡肉粉
2两 3两
麻辣鸡肉粉 3 4
酸辣
香菇

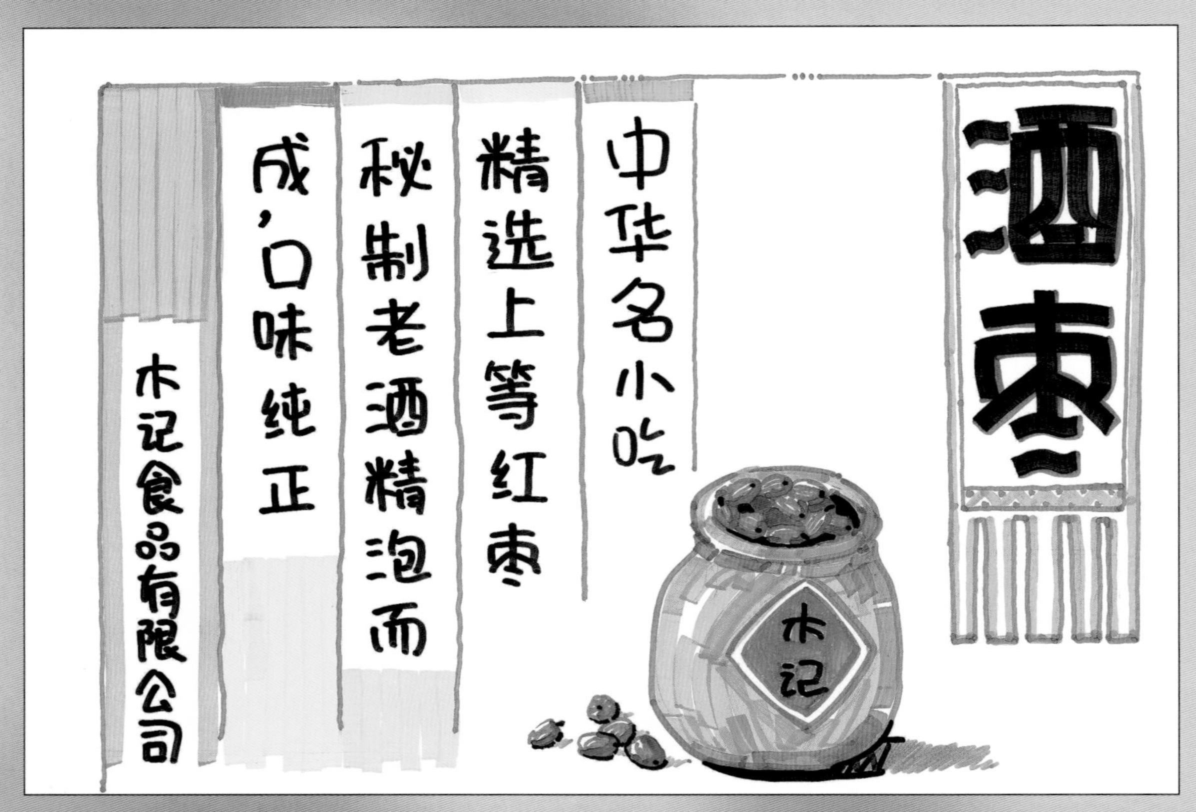

文字竖式的排列是体现传统题材常用的方法。

大标题，效果自然强烈。

可口美食

综合

POP

憨憨的动物形象为画面增色不少。

标题字强化得当。

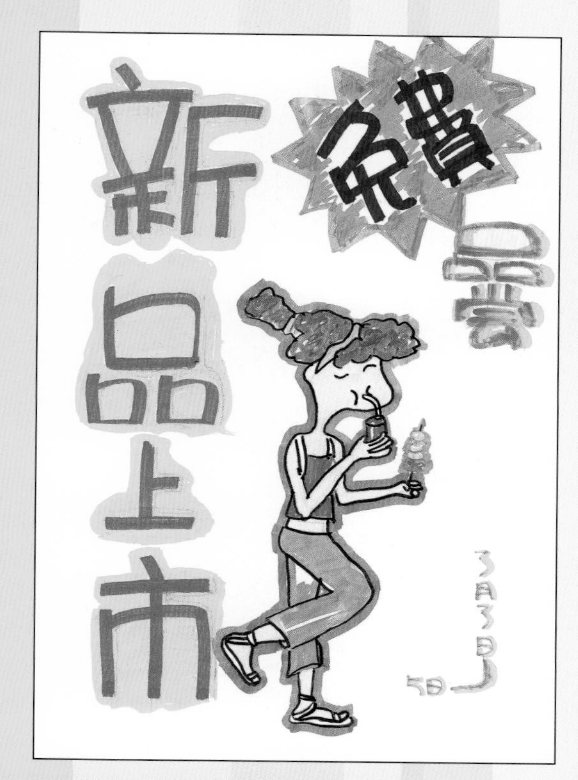

时尚的人物造型符合年轻人的心理。

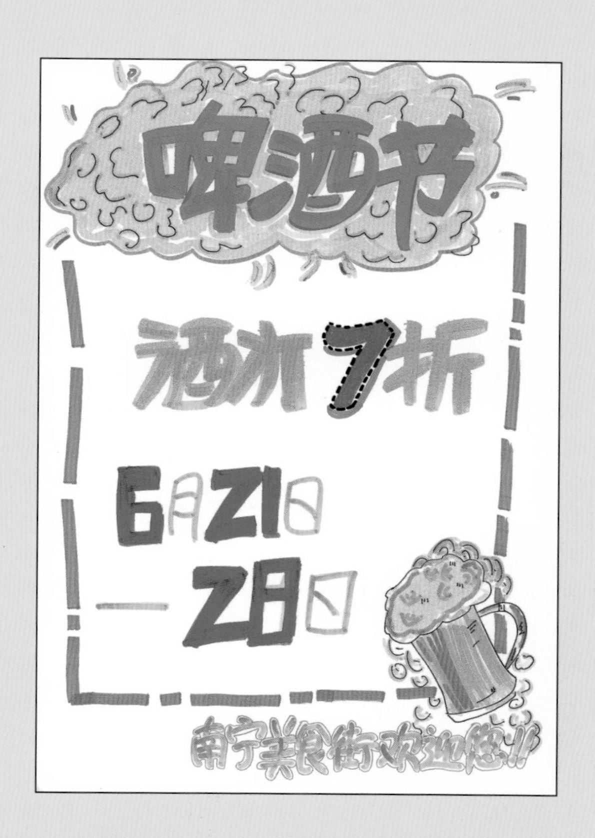

今天的螃蟹好大哦!

有啤酒的日子，一定很精彩。

清新的红绿色调，加上插图的渲染，准确地传达了产品形象。

点、线、面的结合， 是构图的一般规律。

简练的插图，同样精彩。

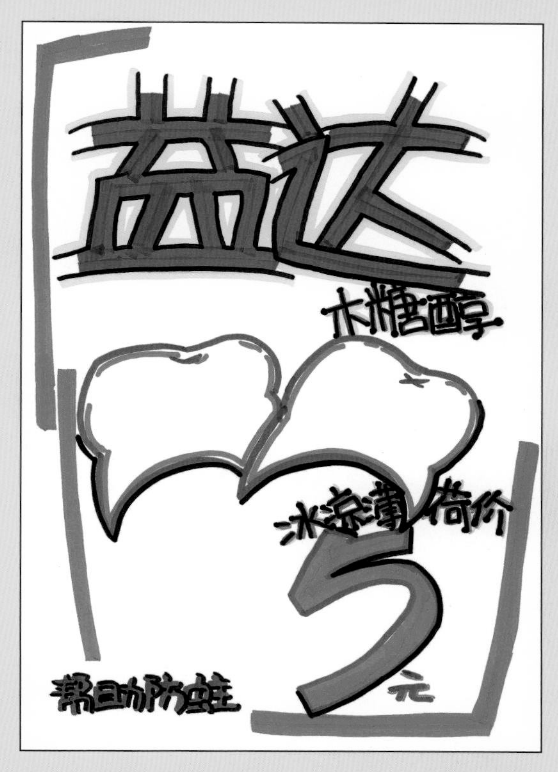

简单的诉求，干净利落的画面，能准确传达产品的信息。

作者对泡沫的氛围塑造，是下了一番工夫的。

木纹吊牌有力地突出了标题字。

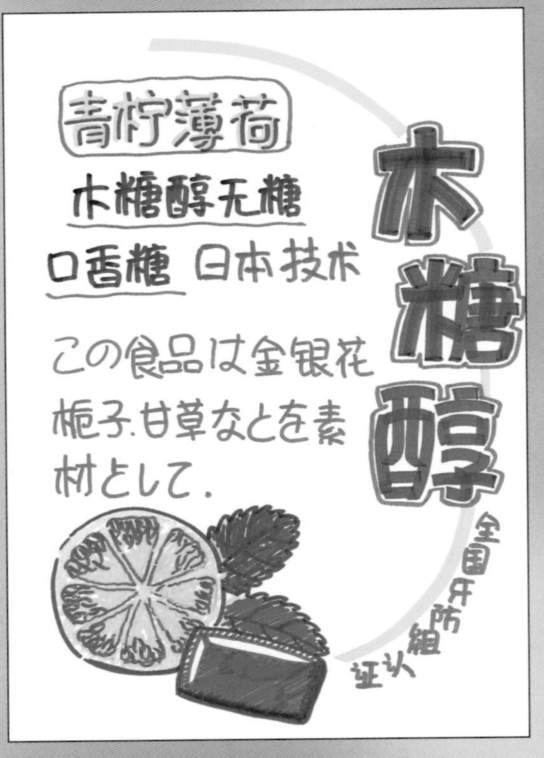

黄色的弧线打破了整齐的构图。

竖线的运用丰富了画面。

单纯的颜色给人最直接的心理感受。

作者把“茶”与“绿”的概念表现得非常精彩。

线条塑造的海波浪，形象又生动。

中间留白，边框加粗效果不错。

速写式的插图很适合超市。

“聘”字的表现方法有点意思。

标题与插图大小的处理使画面更完美。

礼品的造型简洁明了。

散而不乱的糖果，是作者构图的高明之处。

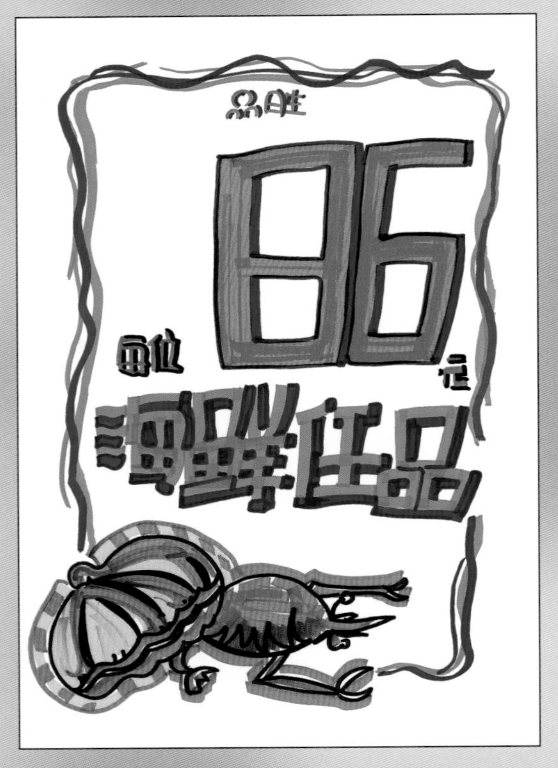

其实线框也需要丰富的层次，瞧这里的线框就很有层次感哦!

描绘细致的风格气氛好温馨。

放大字体对吸引顾客效果也很不错。

可口可乐
尽情欢乐
Coca Cola
2003年促销活动

水果区
特惠价
利隆百货

美味
速食面
即溶
高蛋白·低脂肪
1000
元

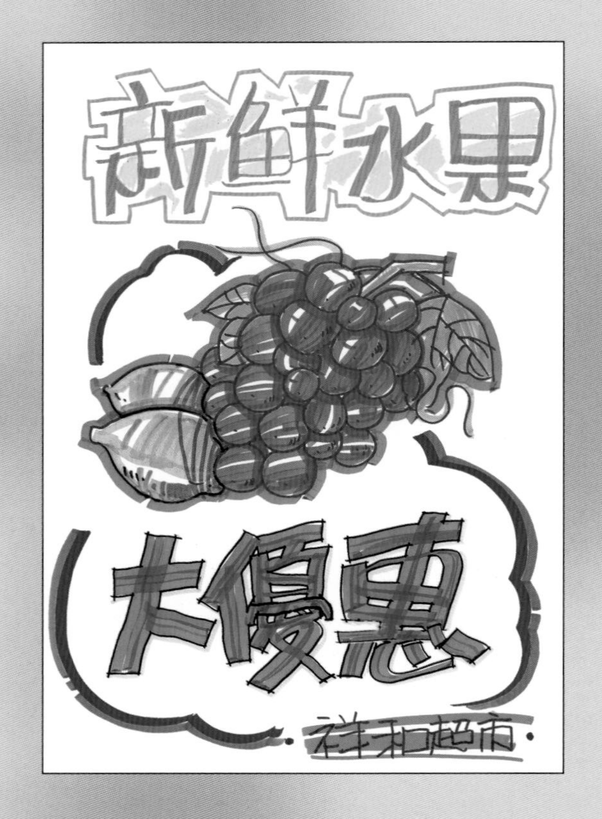
新鲜水果
大優惠
·祥和超市·

鱼儿造型非常稚朴。

线条做的肌理真有海的感觉。

轻松的早餐，轻松的一天。

冷暖色的运用十分恰当。

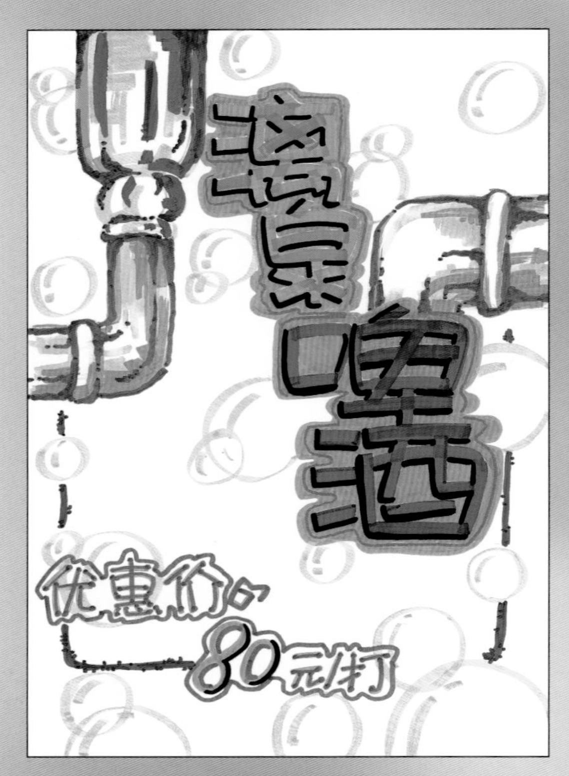

背景图形使画面更柔和，也增添层次感。

萝卜、茄子随你选，都很新鲜哦!

生鮮場
全場6折起
利隆百货

大酬宾
大青蟹特价
每斤10元

金威
啤酒

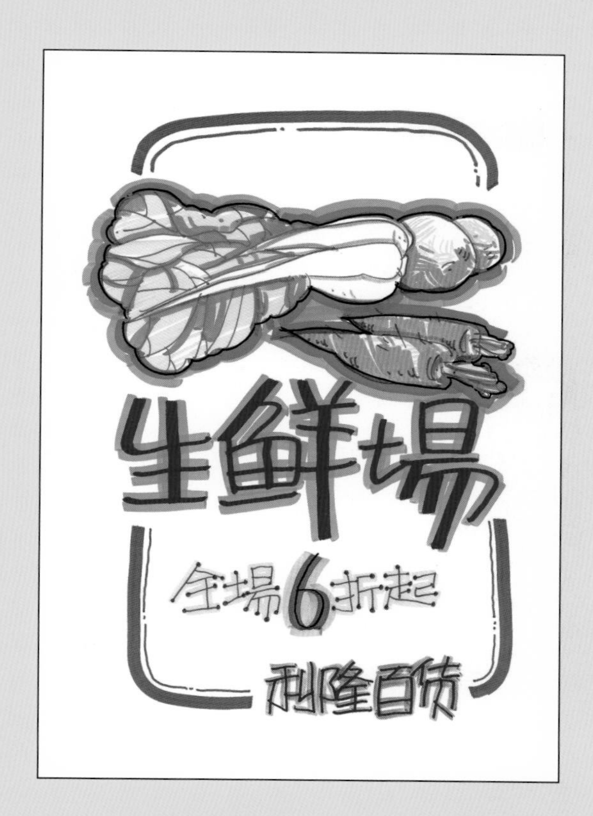

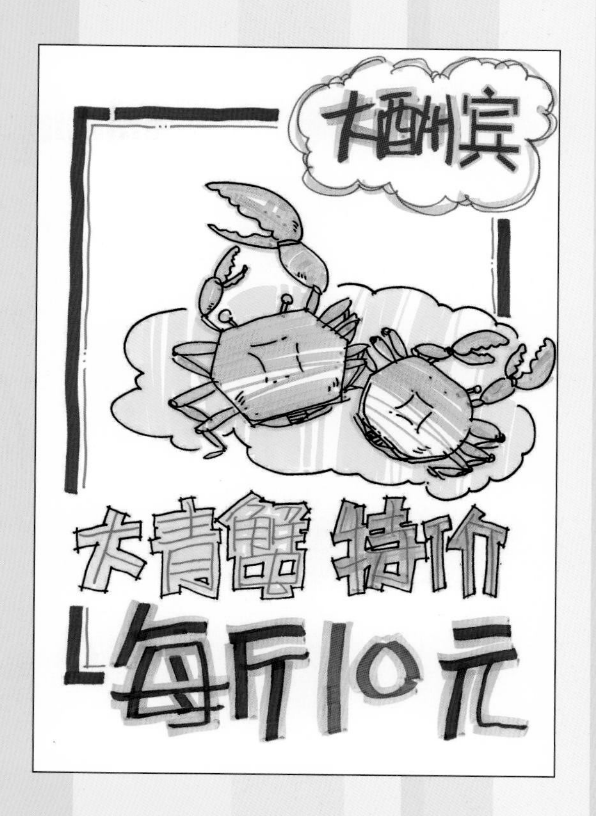

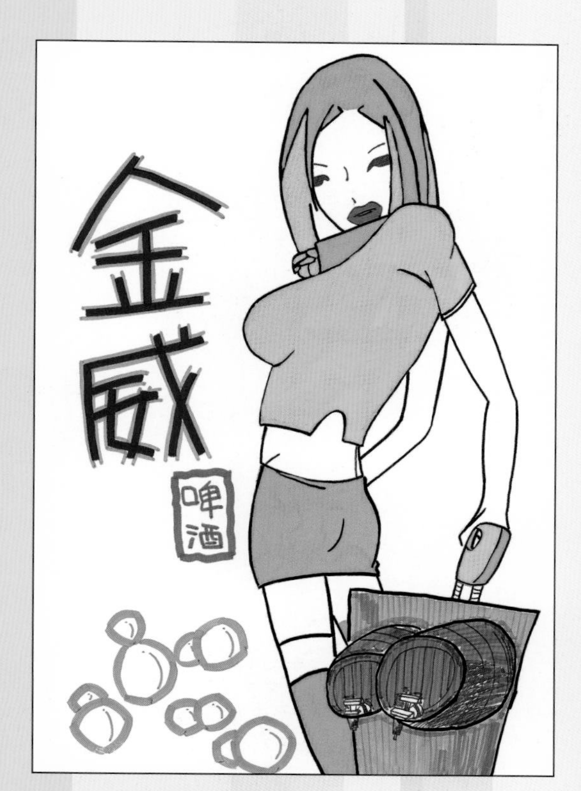

美女、美酒，不错的联想。

插图形象生动、可爱。

从画面中间留出的空白视觉冲击力极强。

折扣与文案的穿插使画面成为一个整体。

只需一半鱼身的鱼，也很有表现力。

好肥的鸡哦，味道真好！

大嘴小瓶，夸张到位。

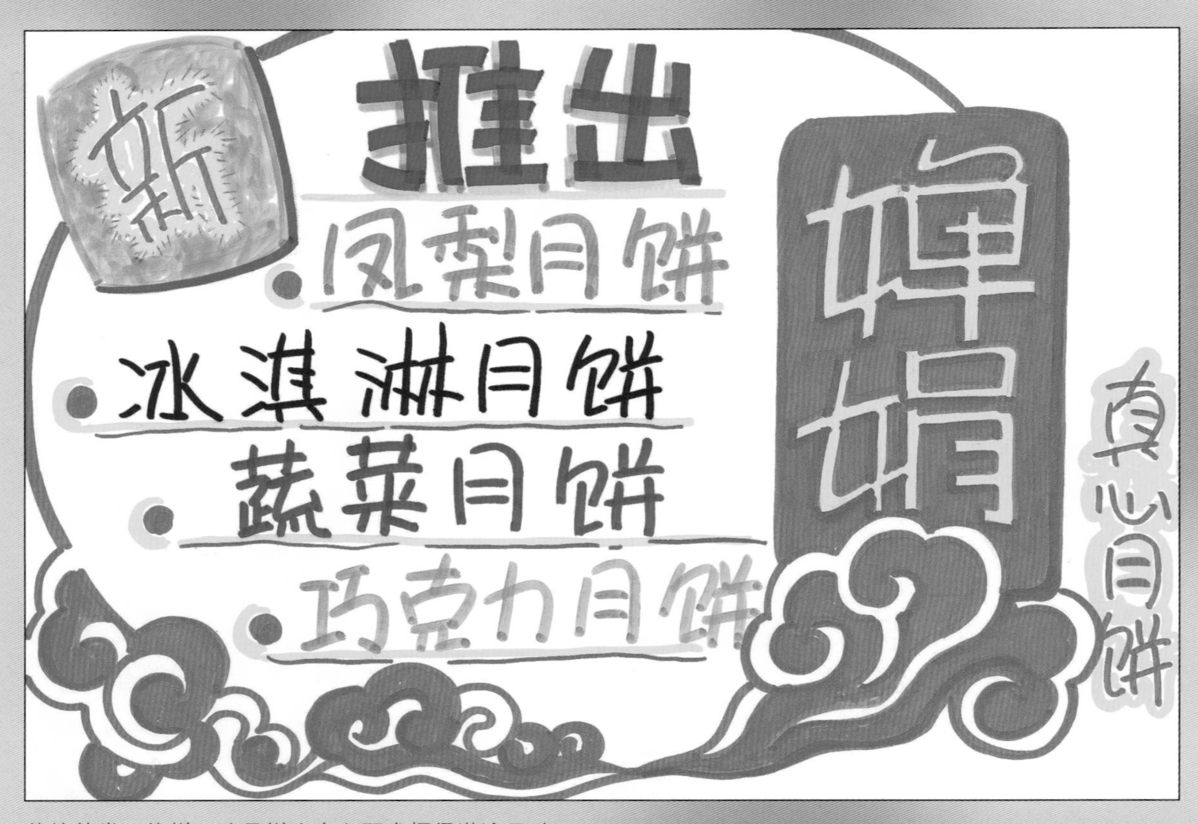

传统的卷云纹样，让月饼这个主题发挥得淋漓尽致。

纯～
冰绿茶
年轻无极限
新包装
柠檬味茶饮料

車仔红茶
2005 暖冬
隆重上市
详情请咨询商场柜台

图书在版编目（CIP）数据

手绘POP. 餐饮／陆红阳，喻湘龙主编. —南宁：广西美术出版社，2005.7
（创意营销）
ISBN 7-80674-371-5

Ⅰ.手... Ⅱ.①陆...②喻... Ⅲ.饮食业－商业广告－宣传画－技法（美术） Ⅳ.J524.3

中国版本图书馆CIP数据核字(2005)第066096号

本册作品提供：

何　莎　罗　莎　张宁莉　龙　毅　钱　康　陆　超　何冬兰　罗人宾　卢德梅　李　说
李果园　苏羽凌　喻湘龙　黄　团　莫　凡　邓海莲　周　毅　李　阳　阮　霞　韦艳芳
谢晓云　钟绮霞　周　晗　张文慧　周庭英　韦　燕　梁丽英　韦宇立　甘伶伶　方元辉
熊燕飞　郭　妮　李今铭　高　璇　张　静　陈　晨　王雯雯　韦竟翔　陈成华　初大伟
陈雪春　巩姝姗　吕敏桦　黄绍佳　陈夏嫦　张　琨　张　洁　刘　畅　古佳永　杨　明
亢　琳　陈建勋

创意营销·手绘POP
餐饮

顾　　问／柒万里　黄文宪　汤晓山　白　瑾
主　　编／喻湘龙　陆红阳
编　　委／陆红阳　喻湘龙　黄江鸣　黄卢健　叶颜妮　黄仁明
利　江　方如意　梁新建　周锦秋　袁筱蓉　陈建勋
熊燕飞　周　洁　游　力　张　静　邓海莲　陈　晨
巩姝姗　亢　琳　李　娟
本册编著／陆红阳　叶颜妮
出 版 人／伍先华
终　　审／黄宗湖
图书策划／姚震西
责任美编／陈先卓
责任文编／符　蓉
装帧设计／阿　卓
责任校对／陈宇虹　刘燕萍　陈小英
审　　读／林柳源
出　　版／广西美术出版社
地　　址／南宁市望园路9号
邮　　编／530022
发　　行／全国新华书店
制　　版／广西雅昌彩色印刷有限公司
印　　刷／深圳雅昌彩色印刷有限公司
版　　次／2005年8月第1版
印　　次／2005年8月第1次印刷
开　　本／889mm × 1194mm　1/16
印　　张／6
书　　号／ISBN 7-80674-371-5/J·478
定　　价／30.00元